KB014409

어린이 마음 시툰

스트라이크는 내게 맡겨

어린이 마음 시툰

스트라이크는 내게 맡겨

글·그림 박근용 ● 시 선정 김용택

창비

찰칵!

박ㄹ용의 말

받는 기쁨, 주는 기쁨

지난여름, 코엑스 공개적인 공간에서 진행하고 있는 '작가와의 만남'을
목격했습니다.
호기심이 발동해서 지켜보았지요.

낮에는 직장을 다니고 나머지 시간에 시를 쓰시는 시인이셨습니다.
낮에는 생활인으로. 밤에는 시를 짓는 시인으로.
2인분의 인생이 있다면 이런 게 아닐까 생각이 들었습니다.

집으로 가는 길에 시인의 시집을 샀습니다.
시는 머리가 비워진 상태에서 천천히 읽고 싶어서
가을이 지나고 겨울이 올 때까지도 읽지 않고 아껴 두었습니다.

이제 이 작업을 마치고 여름에 산 시집을 드디어 읽을 수 있다는 생각
에 얼마나 기쁘던지요.

마감의 기쁨과 함께 어떻게 봐 주실지 싶은 기대와 궁금함,
이런 모든 것이 모여 설레는 마음입니다.

'어린이 마음 시툰'도 즐겁게 읽어 주시면 정말 기쁘겠습니다.

우리가 모르는 세상으로 날아가 보아요

이 책은 '시 만화' 책입니다.
시가 그림이 되었어요.

놀라운 상상력을 가진 시인과 만화가들이
자기들이 쓴 시와 자기들이 그린 그림도 모르는
새로운 세상을 창조해 놓았습니다.

실은, 내가 쓴 시로 그려 놓은 그림을 보고
세상에는 이런 세상도 있구나,
나도 놀랐거든요.

시도 만화도 끝 모를 상상력을 가져다줍니다.
생각이 일어나게 하고,
일어난 생각으로 생각을 더 넓히고
넓힌 생각들을 모아 또 다른 세상을 만들어 냅니다.

시와 만화가 한 몸이 된 이 책은
여러분들의 생각에 수많은 날개를 달아
훨훨 날게 할 것입니다.

차례

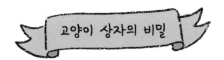

고양이 상자의 비밀

배경·등장인물 소개

여기는 고양이 나라.
어느 날 인간 세상에서 살던 고양이 콩이와 강아지 시원이가
알 수 없는 이유로 이곳에 오게 된다.
둘은 나리, 순재, 까미를 만나 낯선 곳이지만 하루하루를 신나게 보낸다.

콩

인간 세상에서는 하루 종일
누워서 뒹굴었는데,
오히려 여기선 엄청 바빠!
호기심이 많고 엉뚱한 편이지.

시원

고양이 나라에 사는
유일한 강아지야.
열심히 적응하고 있어.
가끔 혼자만의 생각에 빠지지만,
친구에게 장난치는 것도 좋아해!

까미

까미는 말이 진짜 없으니
내가 소개할게.
오드 아이가 까미의 매력 포인트!
말수가 적어 속내를 알기 어렵지만,
마음은 따뜻해.

순재

내 푸근한 덩치 보이지?
그만큼 먹는 걸 좋아해! 히히.
난 특히 도넛을 좋아하니
기억해 두라구!

나리

항상 웃는 얼굴인 나! 야무
지긴 또 얼마나 야무지다
고? 장난치고 덜렁대는 친
구들은 내가 관리한다!

01 반반 우산

동시 # 함께 쓰는 우산

같이
쏠까?

아!

고마워.

같이
쓰니까
좋다.

어?
나리다.

나리야,
우산 같이
쓰자.

고마워.
비가
갑자기
오네.

우어어어어~

조심,
조심!

앗!
웅덩이다.

하나, 둘, 셋
하면 같이
뛰어넘는 거다.

하나…

둘…

함께 쓰는 우산

박방희

친구와 나눠 쓴 우산

우산 밖
반은 비 맞고

우산 속
반은 안 맞고

비 안 맞은
반 때문에
더 따스해진
반 때문에

비 젖은 반도 따뜻하고
시린 반도 훈훈하고

"와~ 무지개다~"
"무지개 우산~"

02 우린 뭐든지 함께해

동시 # 반딧불

방과 후

우리는 시간 가는 줄
모르게 놀았어요.

반딧불

윤동주

가자, 가자, 가자,
숲으로 가자.
달 조각을 주으러
숲으로 가자.

그믐밤 반딧불은
부서진 달 조각

가자, 가자, 가자,
숲으로 가자.
달 조각을 주으러
숲으로 가자.

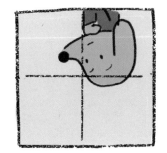

03 내 몸에 살랑살랑 부는 가을

용 VI # 환경음악감상

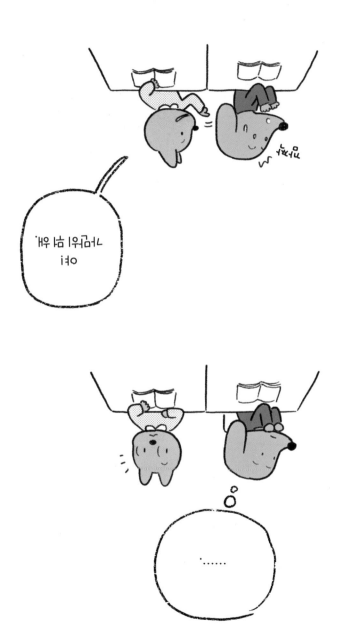

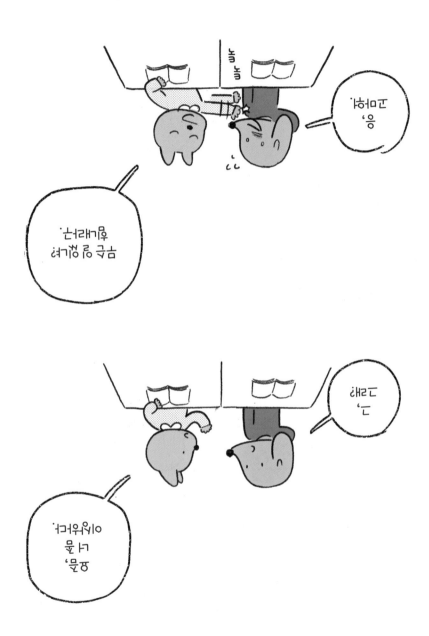

딩동—

딩동—

와글

와글

아무것도 하기 싫고,
혼자 있고 싶은 날이 있지 않아요?

그럴 때 가는
나만의 아지트가
있어요.

오랜만이네~
나의
느티나무.

올라온 길을 보면서
상상을 해요.

아,
시원해.

이런저런 상상을
하다 보니 시간이
한참 흘렀어요.

이제
가야겠어요.

잘 있어~
나의
느티나무.

다음에
또 올게.

출렁출렁

박성우

이러다 지각하겠다 싶을 때, 있는 힘껏 길을 잡아당기면
출렁출렁, 학교가 우리 앞으로 온다

춥고 배고파 죽겠다 싶을 때, 있는 힘껏 길을 잡아당기면
출렁출렁, 저녁을 차린 우리 집이 버스 정류장 앞으로 온다

갑자기 니가 보고 싶을 때, 있는 힘껏 길을 잡아당기면 출
렁출렁, 그리운 니가 내게 안겨 온다

"안녕"   "안녕"

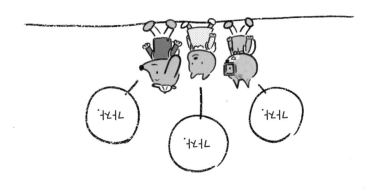

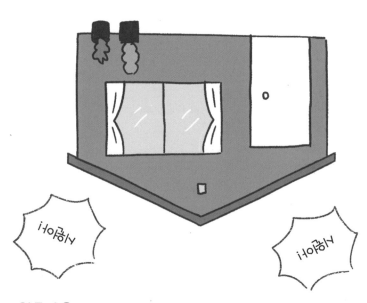

04 밤 햝 아버지

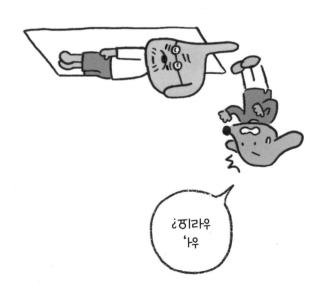

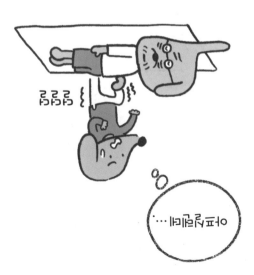

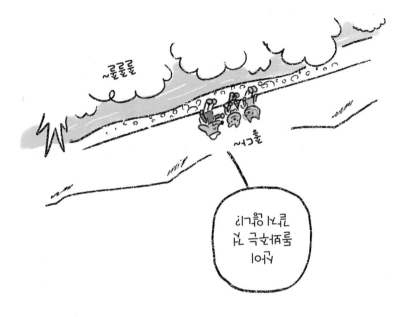

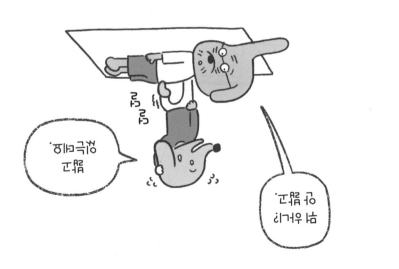

산 할아버지가 '시원해~' 하는 것 같습니다.

산 구경

꼬불꼬불 산길 따라
산에 올라요
길옆에 소나무들
어서 오라 손짓하고
숲속의 개울물은
쉬었다 가라 해요

꾸불꾸불 산길 따라
산에 올라요
구름들이 산머리에
머물렀다 떠나요
구름도 우리처럼
산 구경 왔나 봐요.

에헴!

05 탈출

선생님이 잔소리를 시작하면….

카운트다운!

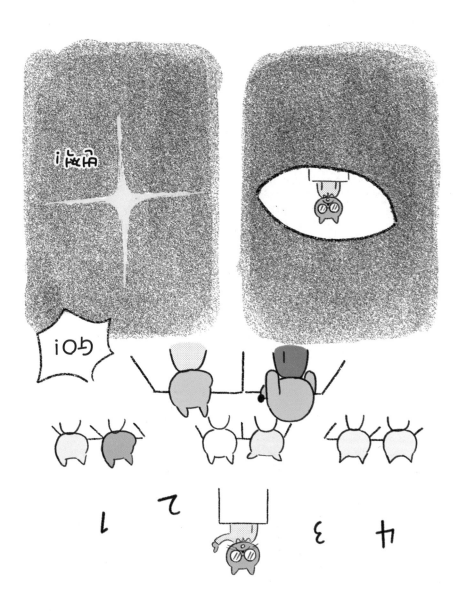

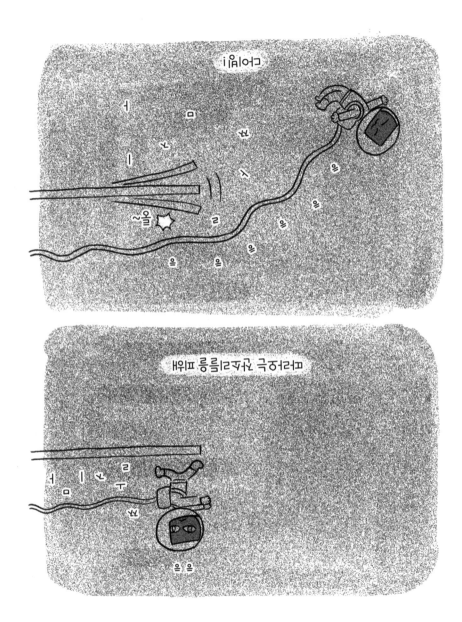

친구들! 모두 무사히 왔구나!

이곳은 우리들만의 장소.
선생님은 절대 모르실걸?

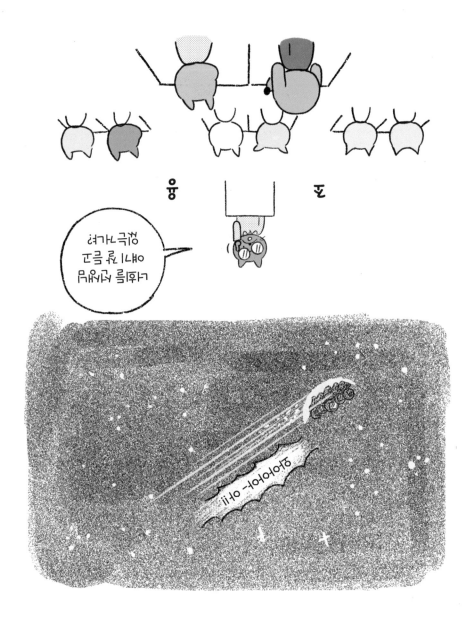

크흥-

크흥-

큰 배의 이름은

잔소리가 시작되면

문현식

선생님의 잔소리가 시작되면
창문이 열려 있는 곳을 확인하고
가만히 눈을 감아.
그다음 하얀 우주복으로 갈아입고
헬멧을 목까지 푹 내려 써.
책상을 두 손으로 꼭 잡고 카운트다운.
빛보다 빠르게 창문으로 빠져나가는 거야.

콩알만 한 지구를 뒤로하고
실컷 우주를 날아다니다가
목성쯤 도착하면
잔소리가 끝나 가는지
실눈 뜨고 살짝 확인해.
잔소리가 끝나는 시간에 맞춰
우주선을 지구로 돌려야 하거든.

대기권을 전속력으로 뚫고
우당탕 교실에 착륙하면

꼭 쥐었던 운전대를 놓고
헬멧을 멋지게 벗은 다음
옆자리를 둘러봐.

타임머신으로 공룡을 만나고
지금 막 도착한 탐험가와
바다 밑 보물선을 찾아
부자가 되어 돌아온 항해사한테
나도 잘 다녀왔다는 윙크를 날리면
여행도 잔소리도
이제 끝이야.

06 그 애가 생각나

동시 # 비 오는 날

인간 아이들은 너무 바빠.

응. 인간 아이들은 학교 끝나고 학원이란 곳을 가야 하거든.

슬프네… 인간은 왜 바빠야 할까?

바쁘다는 건 뭘까?

……

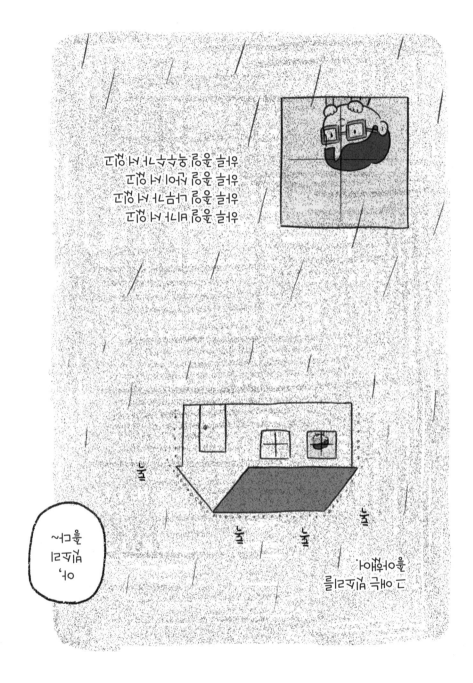

비 오는 날

김용택

하루 종일 비가 서 있고
하루 종일 나무가 서 있고
하루 종일 산이 서 있고
하루 종일 옥수수가 서 있고

하루 종일 우리 아빠 누워서 자네

07 작아지는 기분

우울할 때가 있어.

무언가 나를 가로막는 기분이 드는데….

나를 가로막는 것은 네모일 수도 있고

동그라미일 수도 있어.

아니면 세모?

나를 막는 것은 나 그 자체일까?

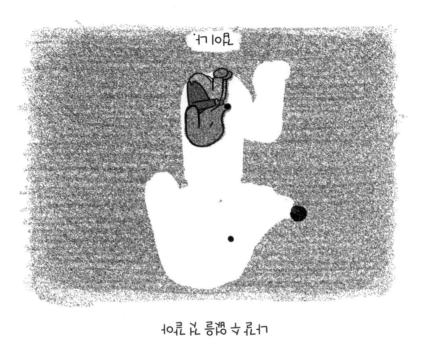

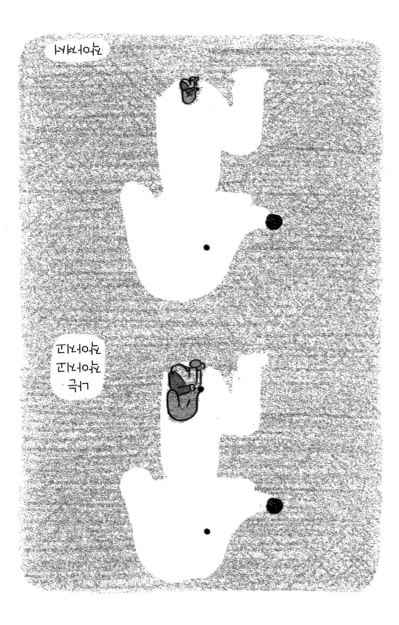

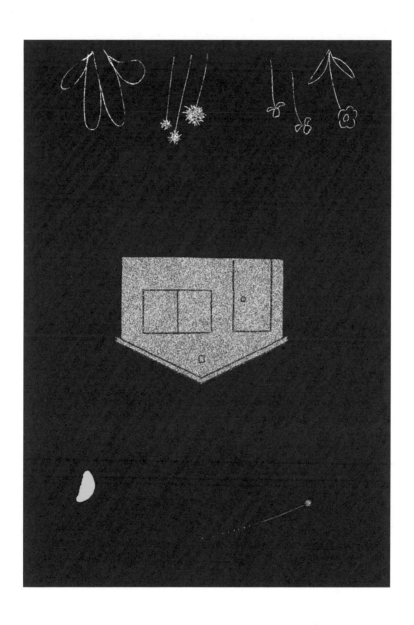

늦잠 잤더니
기분이 조금
나아진 것 같아.

내 방은 그럴 거야

송현섭

어둠 속에 흔들리는 저 나뭇가지가 유령이라면
내 방은 작아질 거야.

후드득 창문을 두드리는 바람과 달라붙은 나뭇잎이 유령이라면
내 방은 더 작아질 거야.

삐걱삐걱 문소리와 나타났다 사라지는 그림자가 유령이라면
내 방은 더 더 작아질 거야.

지붕 위의 고양이와 지붕 아래의 고양이가 유령이라면
내 방은 더 더 더 작아질 거야.

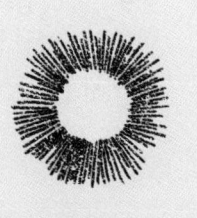

내 방은 그럴 거야.
내 방은 작아지고 작아지고 너무나 작아져서

눈이 열두 개 달린 유령이 와도 찾지 못할 거야.
뻐꾸기시계의 뻐꾸기도 절대 나오지 않을 거야.

08 봄은 온다

동시 # 내 마음에 숲 울타리를 쳐 두겠어

겨울이 끝나가는 어느 날

오늘은 마음이 꿀꿀하다.

머릿속이 컴컴해서
아무것도 아닌 일에도
괜히 화가 난다.

꿀   꿀

따라오지 마!

82

흥! 따라가는 거 아니거든!

쩌 릿

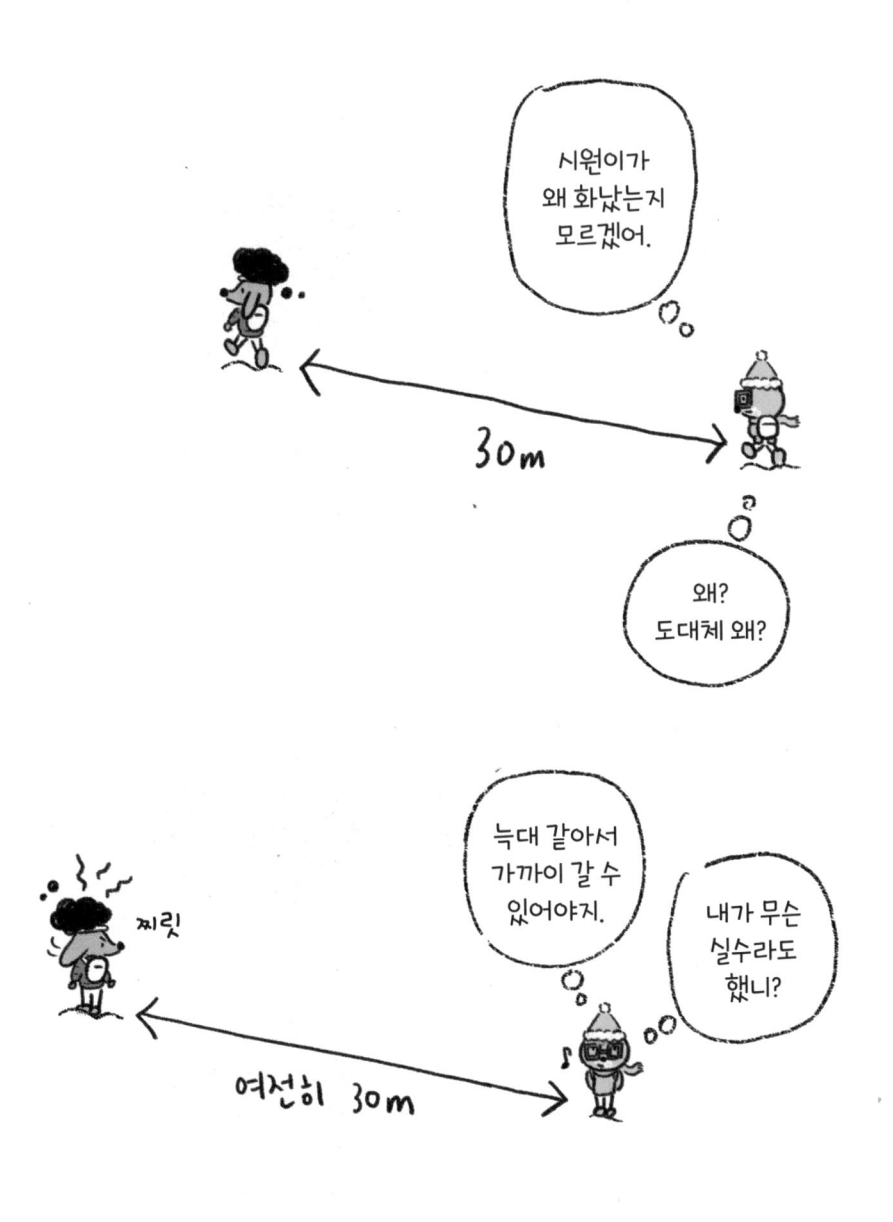

30m만큼 떨어진 어색해진 우리 사이

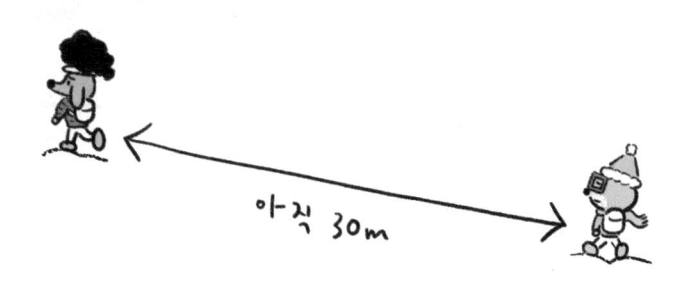

아직 30m

다시
가까워질 수
있을까.

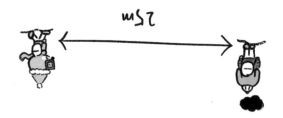

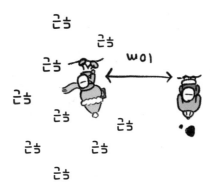

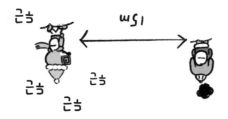

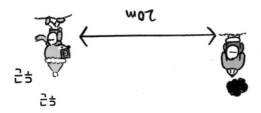

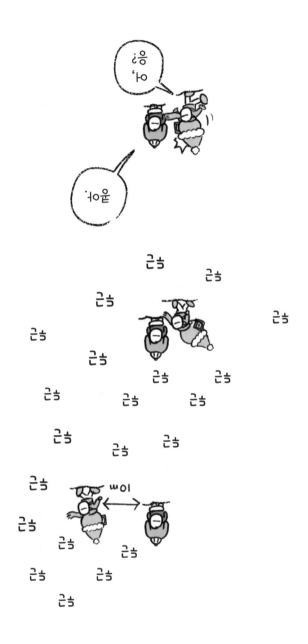

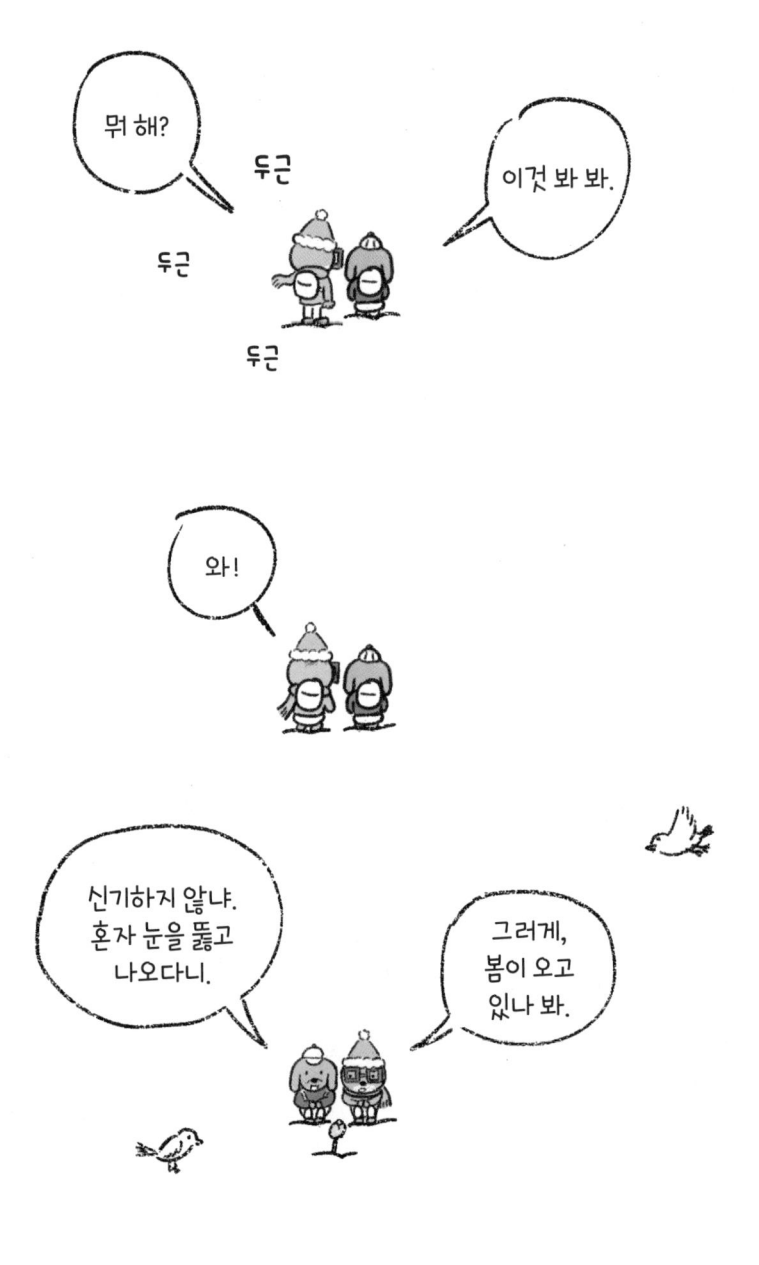

내 마음에 숲 울타리를 쳐 두겠어

정유경

내 마음에 숲 울타리를 쳐 두겠어.
네가 만약에 말이야, 으르렁거리며 날 찾아온다면
내게 오는 동안 넌 내가 두른 초록 숲 울타리에서
길을 잃고 잠시 헤맸으면 해.

꽃과 풀이 부르는 느린 노래,
거미줄에 걸린 둥근 이슬에 젖어
네 걸음은 사뿐사뿐 더디어지고
헝클어진 가지마다 고개 숙여 안녕!
하고 너는 인사를 하겠지.

그래서 기어이 네가 날 찾아왔을 땐
사납게 으르렁거리는 늑대 대신
작은 새 한 마리 네 가슴에 들었으면 좋겠네.

내 말을 너는 잘 알고 있지?

우리 서로 으르렁거리며 싸우지 말고

작은 새들처럼 사이좋게
지지배배거리며 지내자는 말이야.
널 기다린단 말이야.

나의 숲이 네 마음에 부디 들기를.

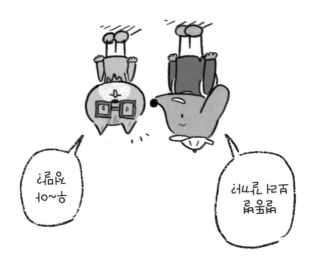

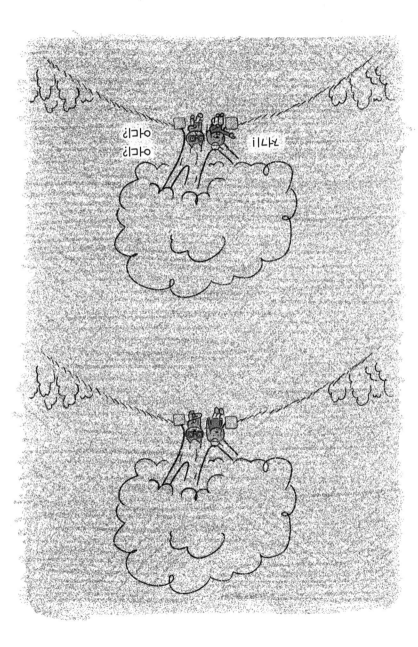

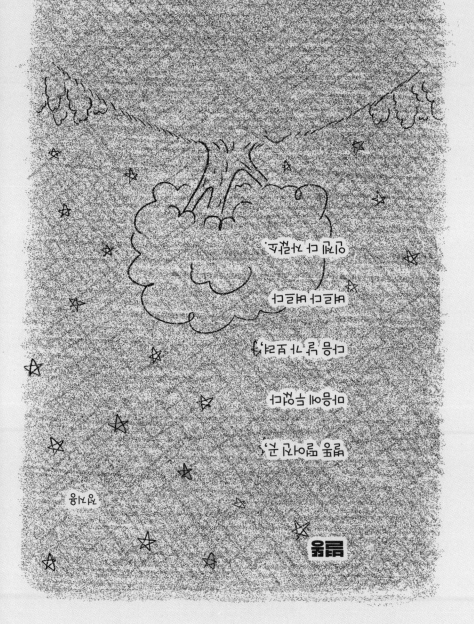

10 지구본 여행

동시 # 엄마랑 나랑은

학교 다녀왔습니다.

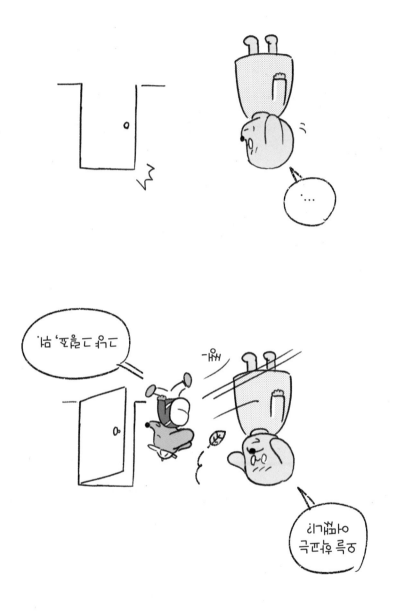

엄마와 나둘만 할 얘기가 있다.

아니, 할 얘기가 많아질 때가 있다.

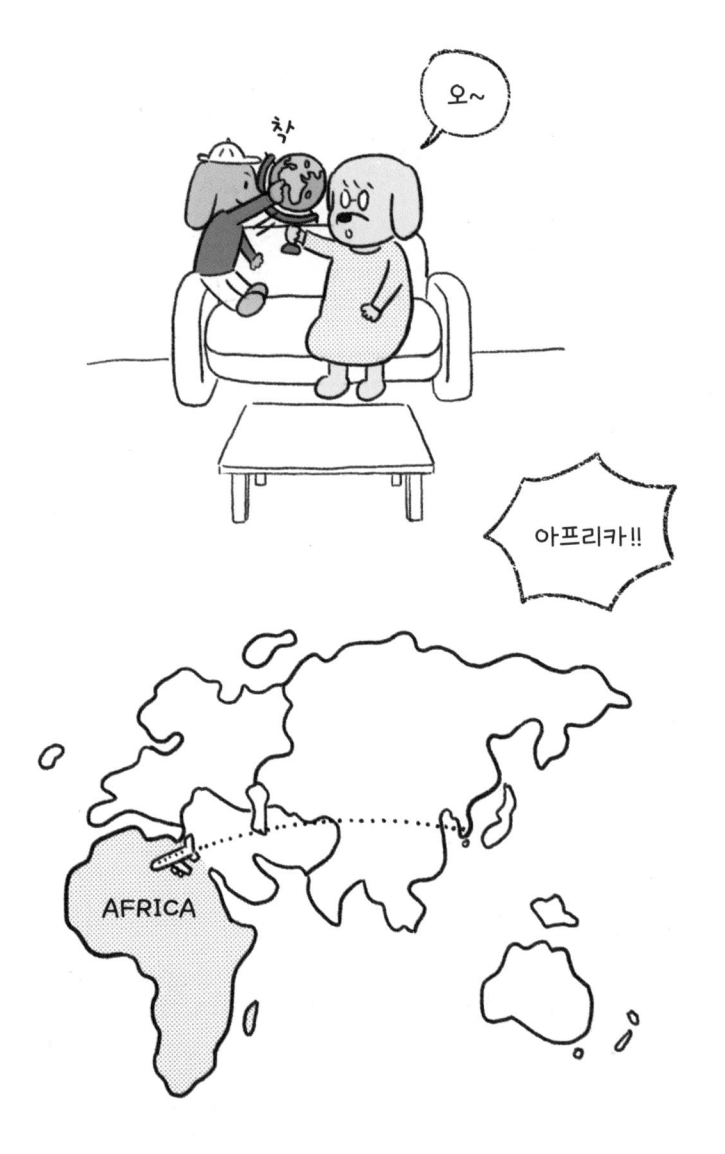

엄마랑 나랑은 세계 여행을 떠난다.

엄마랑 나랑은 상상으로는 자주 세계 여행을 떠난다.

엄마랑 나랑은

김개미

엄마랑 나랑은
멋진 집을 보면
걸음을 멈춘다.

우리가 저 집에 살면
2층은 누가 쓸지 다락방은 누가 쓸지
커튼은 무슨 색으로 달지 이야기한다.

어떤 개를 기를지
몇 마리를 기를지 정하고 나면
개밥 당번은 누가 할지 의논한다.

정원에 심을 나무를 정하고, 거기
줄이 긴 그네를 달고 나면
누가 먼저 그네를 탈지 싸운다.

엄마랑 나랑은
멋진 집을 많이 안다.
상상으로는 이 세상 멋진 집이란 집에서는
다 살아 봤다.

11 별 아이

동시 # 별

별이 참
많구나.

이 세상 모든
고양이보다
많을 거야.

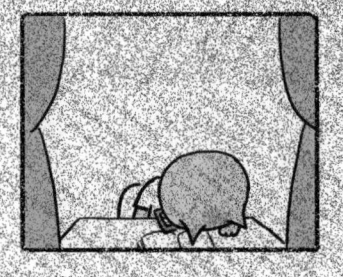

저 많은 별들 중 어딘가에
또 다른 내가 살고 있을지도 몰라.

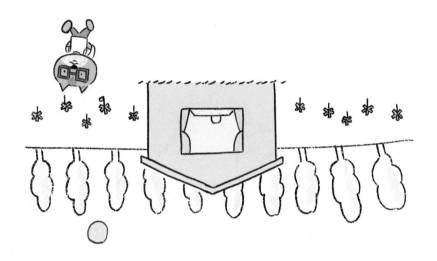

다음 날 아침

후다닥

믿지 않겠지만 안개처럼 사라진 아이는 어린 시절의 나였습니다.

별

임길택

하늘의 별들이
땅으로 내려온 것일까요.
도랑가 여뀌
저마다 꽃을 피우고 있어요.

밤이면 하늘에 뜨고
낮이면 땅에 내려와
별이 되었다가
들꽃이 되었다가

이 가을에 별들은
하늘과 땅을
몰래몰래 오가는 것일까요.

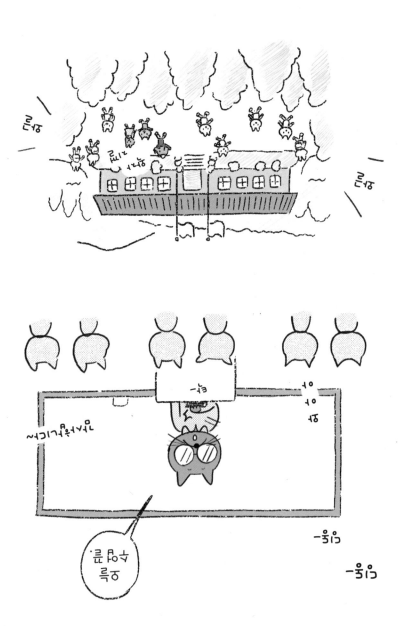

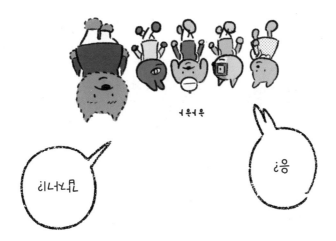

응?

뭐가자니?

너희들이
있어서
다행이야.

이렇게 언제나 함께 울고 웃는
우리는 웃기는 짬뽕!

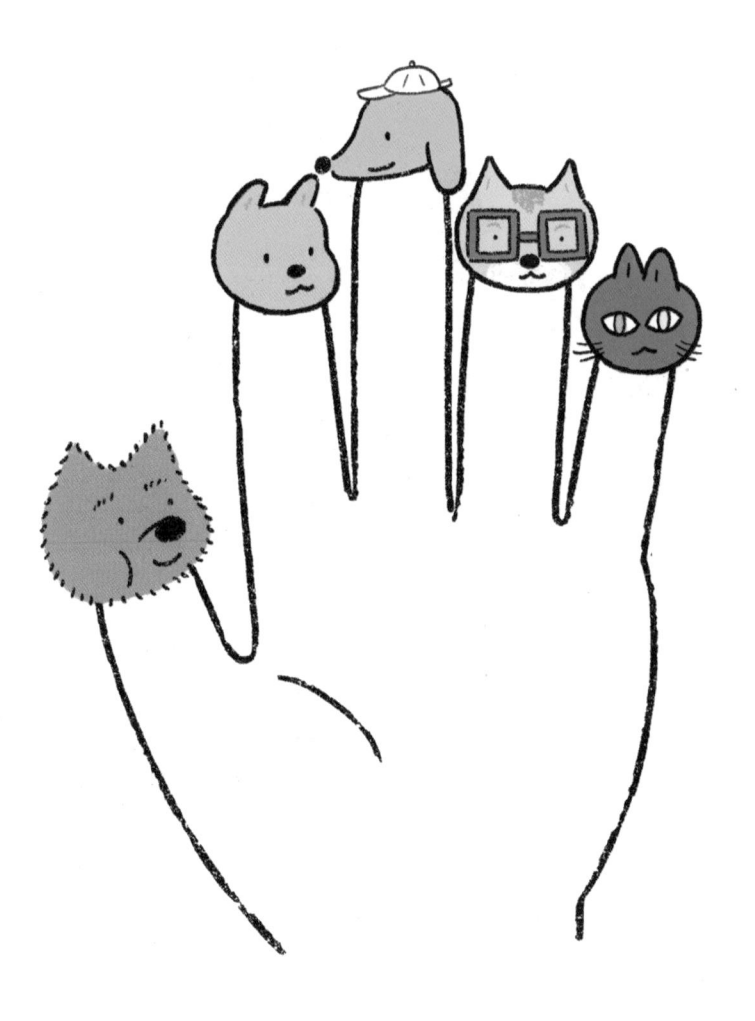

웃기는 짬뽕

유희윤

짜장면집
내 친구 영식이는
웃기기 대장.

별명은
웃기는 짬뽕!

야, 웃기는 짬뽕!
친구들이 부르면
왜 불러?
싱글벙글 대답하지.

영식이는
웃기는 짬뽕이
맘에 든다나.

맛있는 짬뽕이
웃기기까지 하면
얼마나 좋으냐.
바로
요 말씀이라나.

13 감나무

동시 # 할아버지 감나무

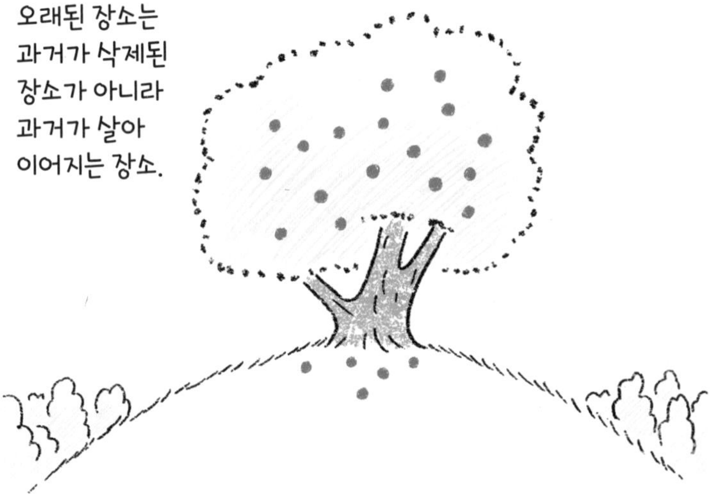

오래된 장소는
과거가 삭제된
장소가 아니라
과거가 살아
이어지는 장소.

시원아. 감나무
언덕을 어떻게
알게 된 거야?

여기 온 지
얼마 안 됐잖아.

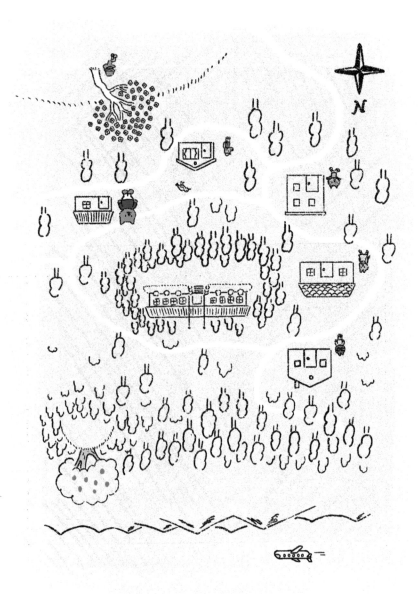

할아버지 감나무

송진권

할아버지가 심은 감나무 아래
할머니 밭매다 땀 식힌다

할아버지가 심은 감나무 아래
할머니 밭매다 혼자 운다

할아버지가 심은 감나무 아래
할머니 점심 먹고 한숨 잔다

할아버지가 심은 감나무 아래
떨어진 홍시 하나 먹는다

할아버지가 심은 감나무에
할머니 밭매다 호미 걸어 두고 온다

14 뻥튀기의 계절

동시 # 뻥튀기 학교

뻥튀기의 계절이 왔습니다.

며칠 전

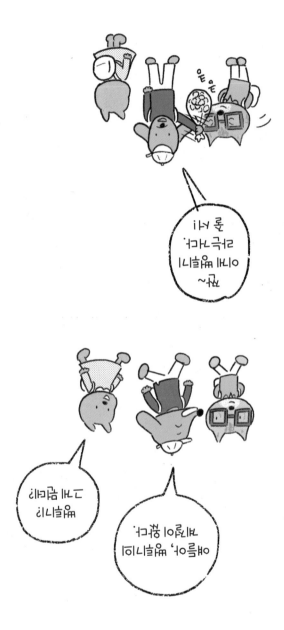

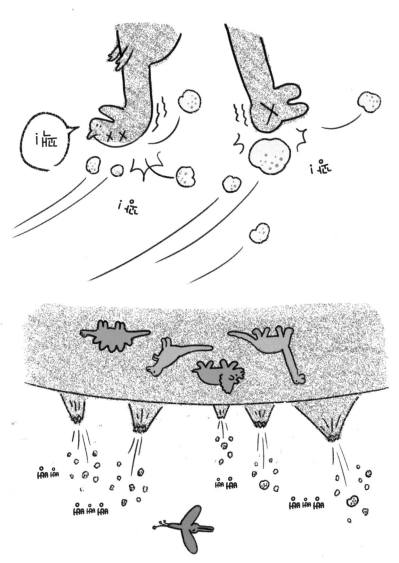

뻥튀기 학교

한은경

줄지어 선 깡통들 이름표를 달았다
박소례, 동산댁, 시우네, 그 뒤에 순영이 할머니 …….
입학한 1학년들 같다, 기다리고 있는 게

조그만 풍로 앞에 앉아
중얼중얼
마법을 거는 아저씨

뻥이요, 뻥!

웅성거리던 장터가 순간 조용해진다
한 됫박 옥수수 알갱이가 꽃으로 피어났다

오늘은 뻥튀기 아저씨가 반장이다

15 그때도 지금도 앞으로도

동시 # 밀가루 반죽

딩동~   딩동~

여름도 가고
더위도 가고

모두가 가네
집으로 가네.

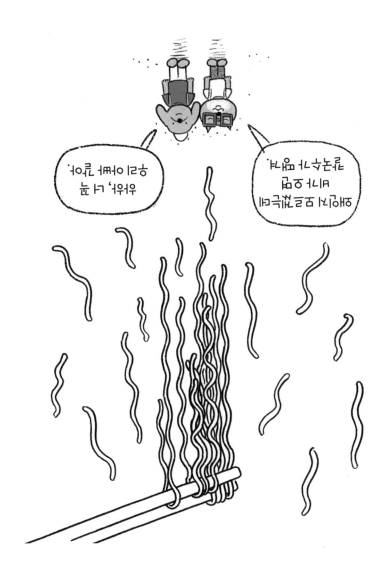

밀가루 반죽의 말랑말랑한 느낌이 너무 좋은 거야.

밀가루 반죽

안도현

칼국수 만든다고
엄마가 밀가루 반죽을 주물러요
─ 나도 좀 만져 봤으면
저리 물러가 앉으라고
엄마는 손사래를 쳐요
─ 주먹만큼만 떼어 줬으면
손에 묻히면 안 된다고
엄마는 고개를 저어요
─ 탁구공만큼만 떼어 줬으면
축구공만 한 반죽을
엄마는 혼자서만 굴려요
─ 나는 하느님처럼
무엇이든 만들 수 있는데
엄마는 밀가루 반죽으로
칼국수밖에 못 만들어요

앗, 비 그쳤다!

16 너라서 좋아

동시 # 멋진 하나

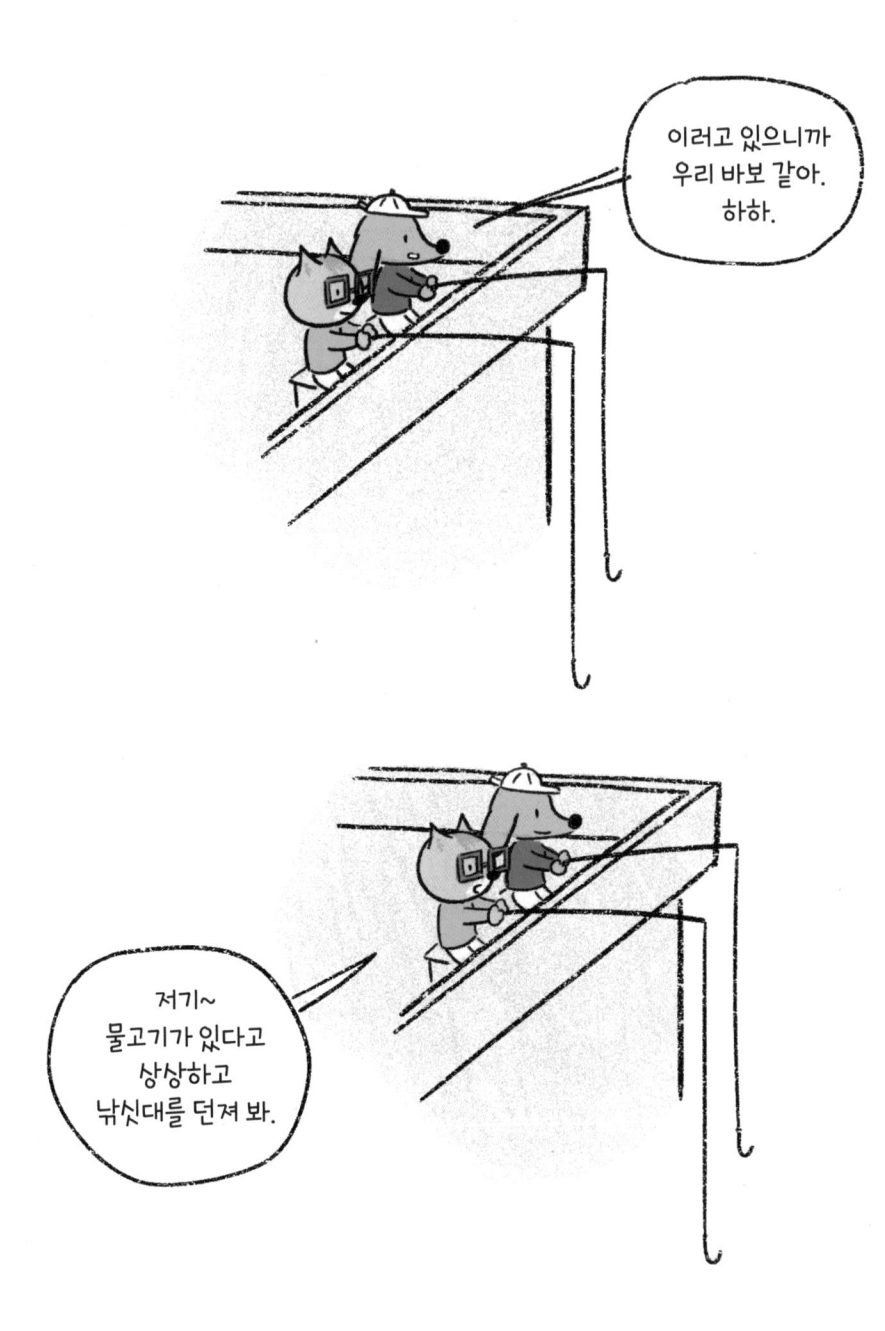

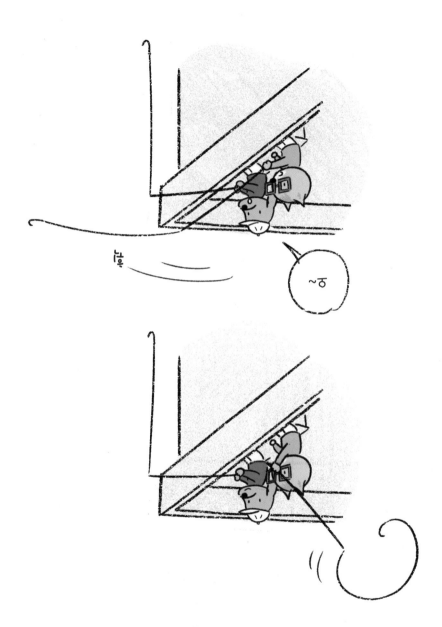

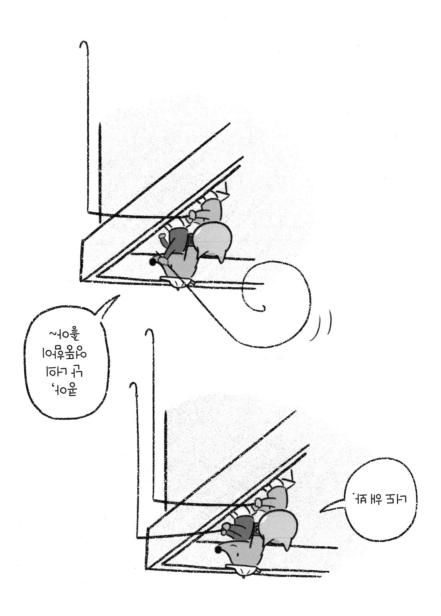

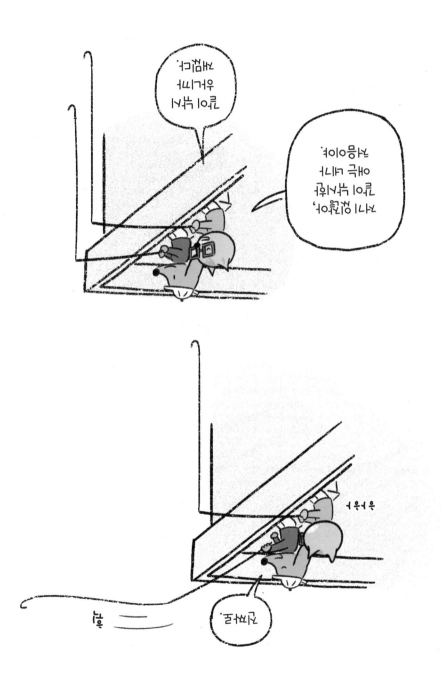

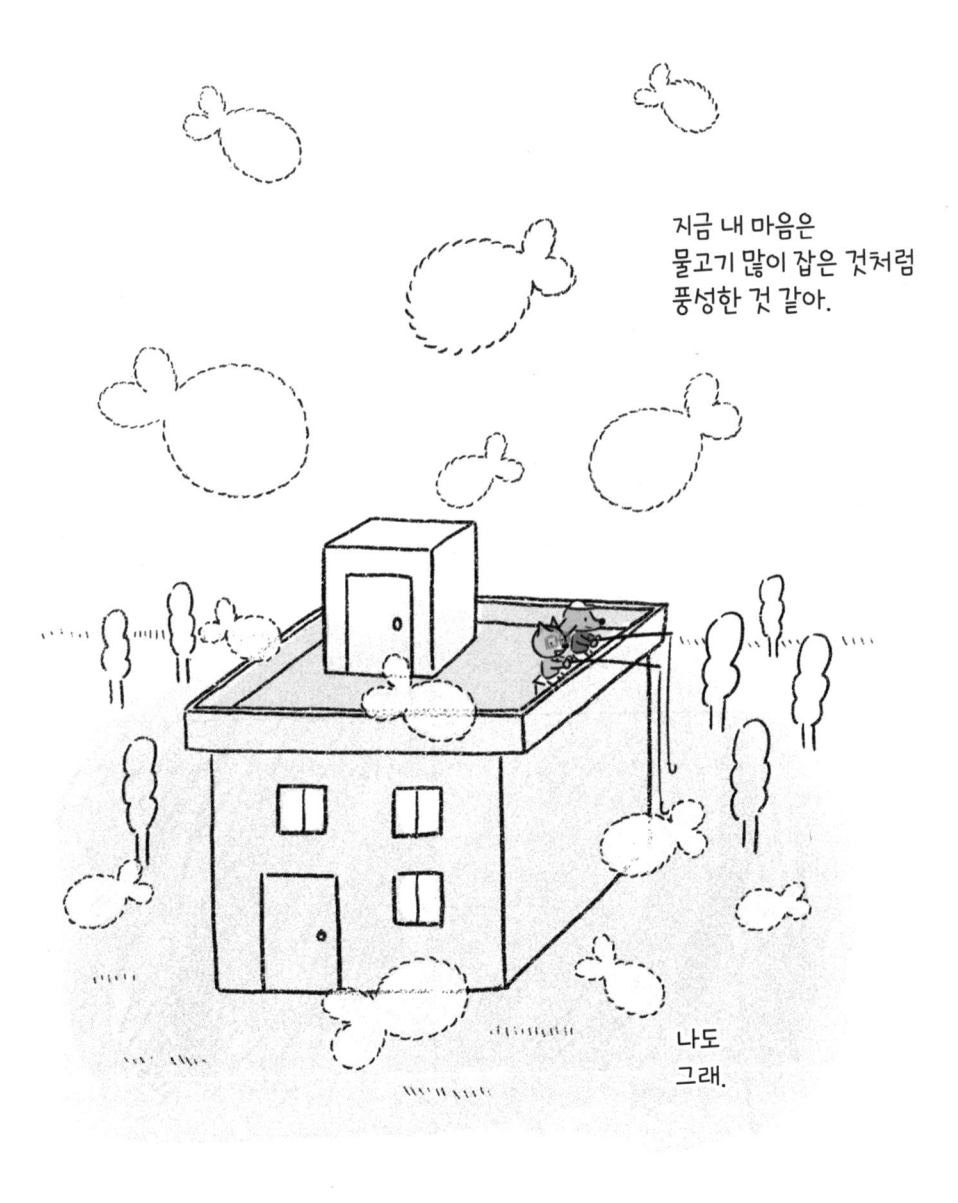

지금 내 마음은
물고기 많이 잡은 것처럼
풍성한 것 같아.

나도
그래.

멋진 하나

강기화

하얀 말은 까만 말이
까만 말이라서 좋아

까만 말은 하얀 말이
하얀 말이라서 좋아

둘이 꼭 안고
회색 말이 될 수도 있었지만

줄무늬 멋진
얼룩말이 되었대

17 하지감자

동시 # 불량 감자들의 외침

봄이 오면 씨감자를 묻는다.

씨감자란 씨앗으로 쓸 감자를 말해.

싹이 난 부분(씨눈)을 한두 개로 나눠 잘라서 묻고

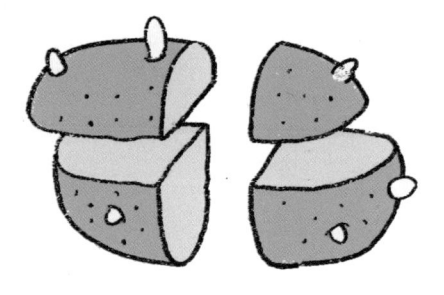

흙으로 조심조심 덮는다.

감자를 묻은 지
20일쯤 지나면

감자 싹이 흙을 뚫고
자라기 시작해.

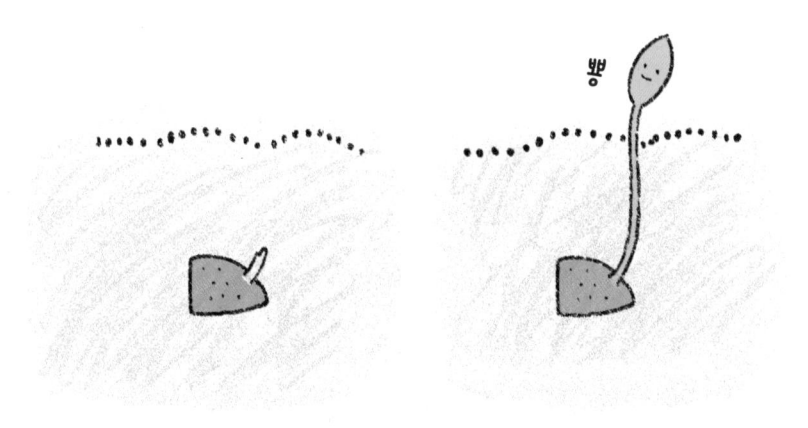

그리고 50일쯤 지나면 감자꽃이 피어나지.

여름의 시작, 하지가 오면
감자 잎이 노랗게 변해.

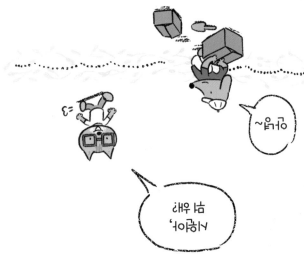

179

불량 감자들의 외침

김응

조금 울퉁불퉁한 것뿐이에요
조금 상처 나고 모난 것뿐이지요
조금 못생기고 작은 것뿐이라고요

우리는 불량하지 않아요
우리는 문제아가 아니에요
마음에 안 든다고
내버리지 마세요

이래 봬도 속은 새하얀 감자예요
몸집은 작아도 알찬 감자라고요

18 수상한 약도

동시 # 약도

어느 일요일

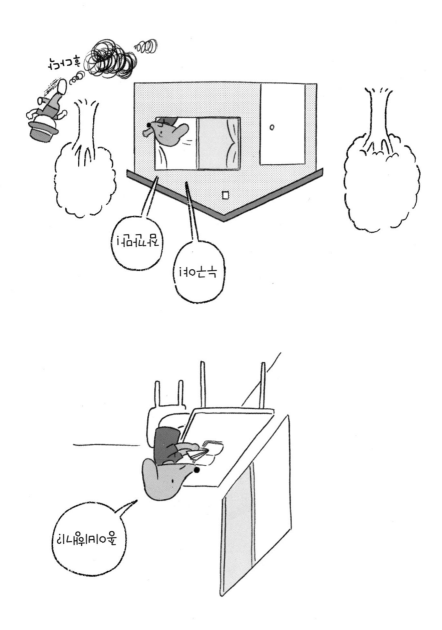

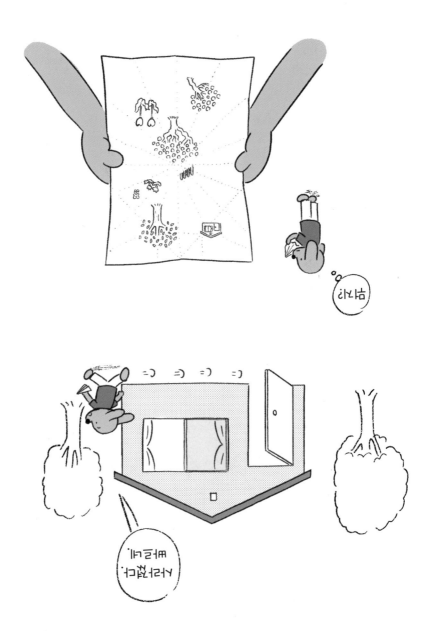

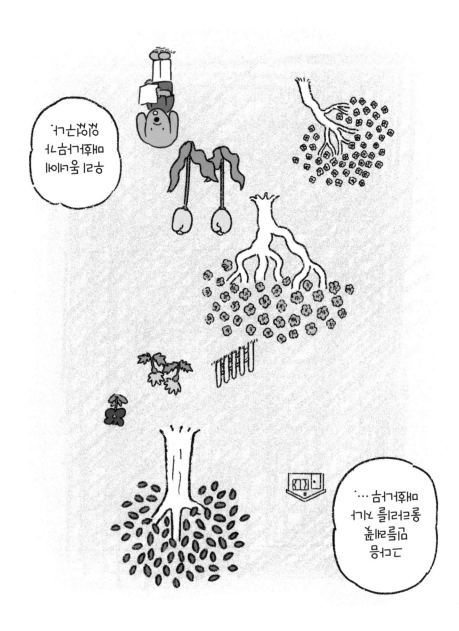

약도

김미혜

아름드리 팽나무가 서 있는 곳을 보고 쭉 따라와. 제비꽃 애기똥풀 출렁출렁 파도치는 밭둑 지나면 민들레꽃 양탄자가 보일 거야. 양탄자 눈을 비켜 걸어와. 연둣빛 손을 반짝반짝 흔들고 있는 찔레나무 울타리가 보일 때까지. 거기에서 분홍빛을 내려놓은 매화나무를 찾아봐. 그 집이 우리 앞집이야. 우리 집은 함박꽃이 함박 웃는 집이야. 네가 온다니까 꽃들이 뒤죽박죽 한꺼번에 마중 나왔지 뭐야. 튤립은 칼을 빼 들고 말이야. 참, 살구나무 아래 빨강 지붕은 해피 집이야. 살구꽃이 동글동글 꽃을 그리며 해피 머리 위로 떨어지고 있을 거야. 잘 찾아올 수 있지?

1호선, 13번 출구, 26동, 7층에서 살고 있는 엄마의 꿈.

19 바람의 모양

동시 # 바람을 어떻게 그릴까

너희들도 약도 보고 온 거야?

누가 이 약도를 만든 걸까?

근데, 얘들아!

여기가 최종 목적지가 아니었어!

헐~

진짜?

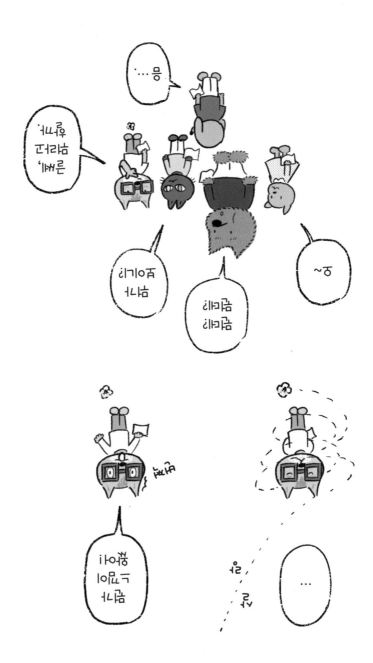

바람을 어떻게 그릴까

김기택

나뭇잎을 세차게 흔들며 휘어지는
나뭇가지를 그려 봐.

온몸을 활짝 펴고 힘차게 펄럭이는
깃발을 그리고 싶어.

땅바닥에서 구르다 공중으로 솟구쳐 오르는
비닐봉지를 그릴 거야.

이마 위에서 마구 헝클어지는
머리카락을 그릴래요.

빨랫줄에 매달려 제멋대로 흔들며 춤추는
바지와 치마를 그리면 재밌겠다.

허리 살랑살랑 흔드는
간지러운 풀잎을 그리는 건 어때?

20 너와 나

동시 # 나의 작품, 나의 마음

나는 나

너는 너

나의 마음, 너의 마음

너는 너대로, 다르면 다른 대로

존중해 주기

마음에 모양이 있다면
어떤 모양일까?

네모난
모양?

동그란
모양?

정해진 모양이
아닌 것만은 확실해.

모양이 자유자재로
변하는 것이 마음이야.

그렇기 때문에
나도 규정될 수 없다는 거지.

나비야~

나의 작품, 나의 마음

이오덕

아무도 마음을 본 사람은 없지만
마음은 연필 끝에 씌어집니다.
언니가 쓴 글에는 언니 마음,
내가 쓴 글에는 나의 마음.

아무도 마음을 본 사람은 없지만
마음은 하얀 도화지에 그려집니다.
순이의 그림에는 순이 마음,
영이의 그림에는 영이 마음.

아무도 마음을 본 사람은 없지만
마음은 흙으로도 빚어집니다.
욱이가 만든 강아지엔 욱이 마음,
현이가 만든 그릇엔 현이 마음.

아무리 말 잘해서 똑똑한 애도
남의 것 흉내 내면 바보지요.
아무리 시험 못 쳐 빵점 맞아도

제 생각 가진 아이 훌륭하지요.

아무도 마음을 본 사람은 없지만
제 것이 소중하다 아끼는 사람
그 가슴에 귀한 마음 들어 있지요.
하늘까지 뻗는 마음 들어 있지요.

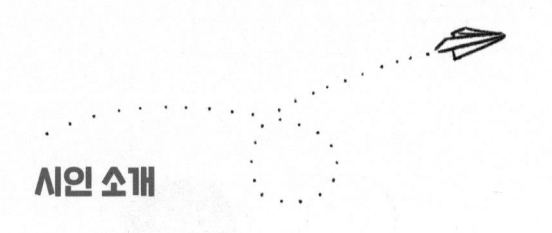

시인 소개

강기화(1972~)
느리게 걷기와 말도 안 되는 상상하기를 좋아한다. 아이를 키우는 엄마로서 함께 생활하며 관찰한 아이들의 세계와 속마음을 발랄한 시들을 통해 보여 준다. 동시집 『놀기 좋은 날』, 어린이책 『옛이야기 밥』(공저)을 썼다.

권오삼(1943~)
시원시원한 어투로 강렬한 메시지가 드러나는 작품을 발표하고 있다. 좋은 동시란 내가 동시를 쓰며 놀고 있으니 "얘들아, 같이 놀아 보자" 하는 것이라 한다. 동시집 『진짜랑 깨』, 『라면 맛있게 먹는 법』 등을 썼다.

김개미(1971~)
글쓰기는 '나의 이야기'를 하는 것이므로, 동시를 쓸 때에는 되도록 혼자가 되도록 노력한다. 온전히 스스로의 생각 속에 빠져 자신을 바로 보고 이해하기 위해서라고 한다. 동시집 『어이없는 놈』, 『레고 나라의 여왕』 등을 썼다.

김기택(1957~)
담백한 언어로 시인 특유의 섬세한 시선으로 동시를 쓴다. 시를 읽고 쓸 때 스스로가 풍부해진다고 한다. 동시집 『방귀』, 『빗방울 거미줄』, 그림책 『꼬부랑 꼬부랑 할머니』 등을 썼다.

김미혜(1962~)
시인은 함께 행복한 세상을 꿈꾸는 사람이라고 한다. 꽃의 시인이라고 불러도 좋을 만큼 꽃 동시를 많이 썼다. 한편으로 현실의 모순에도 맞서며 그것을 동시로 표현한다. 동시집 『아기 까치의 우산』, 『안 괜찮아, 야옹』 등을 썼다.

김용택(1948~)

시인은 고향 임실에서 22세부터 초등학생 아이들을 가르쳤다. 아이들이 시인에게 붙여 준 별명은 '땅콩'이다. 자연과 시골 사람들을 소재로 한 따뜻한 시를 많이 썼다. 동시집 『콩, 너는 죽었다』, 『너 내가 그럴 줄 알았어』 등을 썼다.

김응(1975~)

아동 문학은 외로운 어린이들에게 혼자가 아니라는 것을 알려 주는 일 같다고 한다. 평등하고 조화롭고 긍정적인 세상을 꿈꾸며 동시를 쓴다. 그래서 이름도 한글로 '응'이라고 지었다. 동시집 『개떡 똥떡』, 『둘이라서 좋아』 등을 썼다.

문현식(1974~)

어린이들뿐만 아니라 어른 독자들도 공감할 수 있는 동시를 쓰고 싶다. 시를 쓰고 읽는 삶으로 우리가 더 행복하길 바란다. 동시집 『팝콘 교실』, 일기 모음집 『선생님과 함께 일기 쓰기』 등을 썼다.

박방희(1946~)

순간적인 이미지나 시상이 떠오르면 그걸 잡아서 시로 쓴다고 한다. 그렇게 시를 쓸 때 우연히 좋은 것을 줍는 것처럼 행복하다. 동시집 『참새의 한자 공부』, 『참 좋은 풍경』, 『우리 집은 왕국』 등을 썼다.

박성우(1971~)

시인의 작품에는 온기가 느껴진다. 사람과 삶을 바라보는 시선 안에, 하나의 존재가 다른 존재에게 전해 줄 수 있는 체온이 담겨 있다. 동시집 『불량 꽃게』, 『동물 학교 한 바퀴』, 어린이책 『아홉 살 마음 사전』 등을 썼다.

송진권(1970~)

어떤 사람에겐 아무것도 아닌 것이지만, 어떤 사람에겐 더할 나위 없이 소중한 것, 세상에 없지만 어떤 사람에겐 여전히 있는 어떤 것, 눈에 보이지 않지만 어딘가 있는 것을 모아 동시에 담는다. 동시집 『새 그리는 방법』, 『어떤 것』 등을 썼다.

송현섭(1967~)

기존 동심의 전형을 무시한 채 모든 아이의 목소리를 차별 없이 담아내는 것, 그것이 바로 어린 존재들에 대한 존중을 바탕으로 하는 시인만의 동심이다. 동시집 『착한 마녀의 일기』, 『내 심장은 작은 북』을 썼다.

안도현(1961~)

낮은 목소리로 세상의 아름다움과 우리가 미처 생각하지 못했던 삶의 진실을 이야기한다. 동시집 『나무 잎사귀 뒤쪽 마을』, 『냠냠』, 『기러기는 차갑다』 등을 썼다.

유희윤(1944~)

쓰고 지우고 다시 쓰기를 반복하며 정말 열심히 시를 쓴다는 시인은 무엇보다 가슴 환하게 하는, 어른이 읽어도 좋을 동시를 쓰고 싶다고 한다. 동시집 『내가 먼저 웃을게』, 『맛있는 말』, 『잎이 하나 더 있는 아이』 등을 썼다.

윤동주(1917~1945)

1936년 『카톨릭 소년』에 동시를 발표하며 작품 활동을 시작했다. 서울과 일본 유학 시절에는 만주의 아이들에게 문예지를 부치거나 동화를 권하며 향수를 달랬다. 그의 동시에는 천진한 소년의 마음이 펼쳐져 있다. 유고 시집 『하늘과 바람과 별과 시』가 있다.

이오덕(1925~2003)
교직에 있으면서 어린이가 쓰는 말과 글을 뛰어난 문학 작품이라 여겨 제자들의 글쓰기 문집을 여러 권 펴냈다. 누구나 알아듣는 말을 지키고 살리자는 운동을 일으켜 '우리말 지킴이'로 불렸다. 동시집 『별들의 합창』, 『까만새』 등을 썼다.

임길택(1952~1997)
강원도 산마을과 탄광 마을에서 오랫동안 교사 생활을 했다. 여린 사람이면서도 더 여린 생명을 살피고 보듬으려 했던 시인이다. 시집 『탄광 마을 아이들』, 『할아버지 요강』, 『똥 누고 가는 새』, 동화집 『수경이』 등을 썼다.

정유경(1974~)
자연이 주는 경이로움과 그 속에서 커 가는 아이들의 생명력을 세상에 자랑하고 싶은 마음에 동시를 쓰기 시작했다. 이제는 더욱 멀리 모험을 떠나는 동시를 쓰겠다고 다짐한다. 동시집 『까불고 싶은 날』, 『파랑의 여행』 등을 썼다.

정지용(1902~1950)
1926년 『학조』에 「서쪽 하늘」 외 4편을 발표한 것을 시작으로 여러 편의 동시를 썼고, 1935년 발간한 첫 시집 『정지용 시집』에 함께 수록하기도 했다. 1950년에 납북되어 오랫동안 시인의 작품을 읽을 수 없었으나 1988년 금지 조치가 해제되었다.

한은경(1958~)
자연과 여행을 좋아한다. 최대한 자연스럽게 자연과 아이들의 모습을 보여 주려고 아이들과 발로 뛰며 동시를 쓴다. 시인이 운영하는 어린이집에는 직접 만든 꽃밭과 작은 연못, 작은 물고기가 있다. 동시집 『뻥튀기 학교』를 썼다.

작품 출처·수록 교과서

지은이	작품명	출처	수록 초등학교 국어 교과서(2015 개정)
강기화	멋진 하나	『동시 발전소』(2019 봄 창간호)	
권오삼	산 구경	『도토리나무가 부르는 슬픈 노래』(창비, 2001)	
김개미	엄마랑 나랑은	『레고 나라의 여왕』(창비, 2018)	
김기택	바람을 어떻게 그릴까	『빗방울 거미줄』(창비, 2016)	
김미혜	약도	『안 괜찮아, 야옹』(창비, 2015)	
김용택	비 오는 날	『콩, 너는 죽었다』(문학동네, 2018)	
김응	불량 감자들의 외침	『둘이라서 좋아』(창비, 2017)	
문현식	잔소리가 시작되면	『팝콘 교실』(창비, 2015)	
박방희	함께 쓰는 우산	『참 좋은 풍경』(청개구리, 2012)	5-1 국어 (가) 1단원
박성우	출렁출렁	『난 빨강』(창비, 2010)	5-1 국어 (가) 2단원
송진권	할아버지 감나무	『어린이와 문학』(2016년 4월호)	
송현섭	내 방은 그럴 거야	『내 심장은 작은 북』(창비, 2019)	

안도현	밀가루 반죽	『냠냠』(비룡소, 2019, 2판)	
유희윤	웃기는 짬뽕	『잎이 하나 더 있는 아이』 (문학과지성사, 2017)	
윤동주	반딧불	『민들레 피리』(창비, 2017)	5-1 국어 (가) 2단원
이오덕	나의 작품, 나의 마음	『우리 선생 뿔났다』 (고인돌, 2018)	
임길택	별	『나 혼자 자라겠어요』 (창비, 2007)	
정유경	내 마음에 숲 울타리를 쳐 두겠어	『파랑의 여행』(문학동네, 2018)	
정지용	별똥	『별똥 떨어진 곳』(푸른책들, 2017)	
한은경	뻥튀기 학교	『뻥튀기 학교』(도토리숲, 2018)	

어린이 마음 시툰

스트라이크는 내게 맡겨

초판 1쇄 발행 • 2020년 5월 5일
초판 2쇄 발행 • 2024년 6월 28일

글·그림 • 박근용
시 선정 • 김용택
펴낸이 • 김종곤
편집 • 김현정
디자인 • 김선미 이재희
조판 • 이주니
펴낸곳 • (주)창비교육
등록 • 2014년 6월 20일 제2014-000183호
주소 • 04004 서울특별시 마포구 월드컵로12길 7
전화 • 1833-7247
팩스 • 영업 070-4838-4938 / 편집 02-6949-0953
홈페이지 • www.changbiedu.com
전자우편 • contents@changbi.com

ⓒ 박근용 김용택 2020
ISBN 979-11-89228-72-9 74810
     979-11-89228-69-9 (세트)

* 이 책 내용의 전부 또는 일부를 재사용하려면
  반드시 저작권자와 (주)창비교육 양측의 동의를 받아야 합니다.
* 책값은 뒤표지에 표시되어 있습니다.
* KC마크는 이 제품이 공통안전기준에 적합하였음을 의미합니다.
* 사용 연령: 5세 이상
* 종이에 베이거나 긁히지 않도록 주의하세요.